KB128077

TO. 꿈꾸듯 오늘을 살아가는

__________________에게

이 책을 드립니다.

FROM. ____________________

앨리스,
너만의 길을 그려봐

아직
세상에 참 서툰
우리에게

앨리스,
너만의 길을
그려봐

이상한 나라의
앨리스 원작

Chart of
ALICE'S
Adventures
ALICE FOLLOWS TH
WHITE R
DOWN
RABBIT'S
TO MEET
THE
DODO.
THROUGH THE
DOOR...
SHE SEES
TWEEDLEDEE
AND
TWEEDLEDUM
THE
WHITE RABBIT'S HOUSE
THE GARDEN OF
LIVE FLOW
THE GARDENERS PAINT THE
ROSES RED.
THE UNBIRTHDAY PARTY
THE
CROQUET
GAME.
ALIC
TO

이상한 나라의

앨리스

루이스 캐럴의 동명 소설을 기반으로 1951년 월트 디즈니 프로덕션에서 애니메이션으로 재탄생한 〈이상한 나라의 앨리스〉는 하얀 토끼를 따라 굴 속에 뛰어든 앨리스가 이상한 나라에 도착해 겪는 신기한 모험담입니다. 여러 위기에도 좌절하지 않고 삶의 의지와 호기심으로 반짝이는 앨리스의 모습은 오늘날의 우리에게 인간은 꿈꿀 때 아름답다는 사실을 다시금 떠올리게 해줍니다.

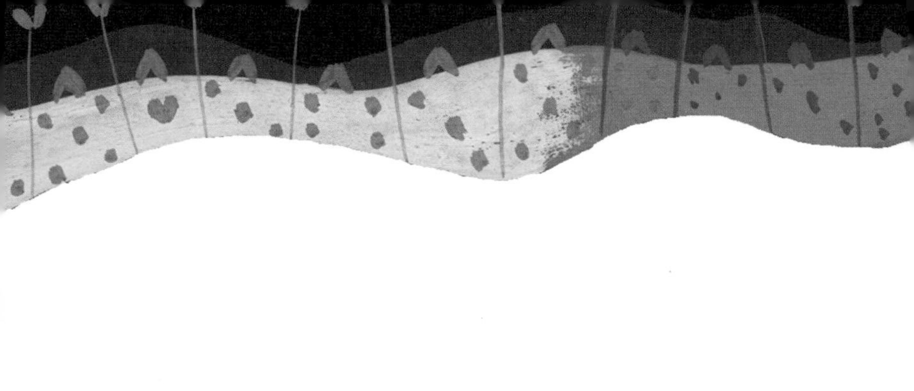

Alice! a childish story take,
And with a gentle hand
Lay it where childhood's dreams are twined,
In Memory's mystic band.
Like pilgrim's wither'd wreath of flowers
Pluck'd in a far-off land.

앨리스! 너의 다정한 손길로
동심 가득한 이야기를 가져다
어린 시절 꿈들이 아직 남아 있는 그곳,
기억의 신비로운 가닥 속에 두거라.
먼 곳으로부터 꺾어온
순례자의 시든 꽃다발처럼.

- 루이스 캐럴《이상한 나라의 앨리스》 서문의 시 중에서

이상한 나라에 도착한 앨리스에게

풍성한 노란 머리에 하늘색 원피스, 호기심으로 반짝이는 파란 눈은 앨리스의 트레이드 마크입니다. 하얀 토끼를 따라 굴 속에 뛰어들었다가 이상한 나라에 도착한 앨리스는 온갖 신기한 일과 환상적인 장면들을 마주하게 되죠. 그로 인해 곤란한 일에 휘말리기도 하지만 그때마다 자신만의 방법으로 문제들을 해결해나갑니다.

그러나 두서없이 이어지는 것 같은 이상한 일들은 크고 작은 선택으로 이어지고 끝까지 가보기 전까진 누구도 정답을 알 수 없다는 점에서 우리의 삶과도 통하는 지점이 있습니다. 중요한 것은 미래를 향한 상상력과 용기죠. 아직 그 길이 초행인 앨리스는 눈앞에 나타난 체셔 고양이에게 길을 묻습니다.

"어떤 길로 가는 게 좋을까요?"

"그건 네가 어디에 가고 싶은지에 따라 다르지."

"어딜 가든 상관없어요."

"그럼 어느 길로 가도 상관없겠네."

"하지만 어딘가에 도착하고 싶어요."

"그래? 그건 아주 간단해. 계속 걷다 보면 어딘가 도착하게 될 거야."

체셔고양이는 어디로 가야 할지 묻는 앨리스의 질문을 오히려 어디로 가고 싶은지를 물으며 질문으로 돌려줍니다. 원하는 곳에 도착하기 위해서는 자신이 원하는 것이 무엇인지 알아야 한다는 당연한 사실을 깨닫기 바라면서요.

"오늘 나의 기분은 내가 정해. 오늘 나는 행복으로 할래."

그러나 우리도 종종 앨리스처럼 그 답을 타인에게서 찾고는 합니다. 그런 우리에게 앨리스의 이야기는 좌절을 모르는 낙천적인 성격의 주인공이 모험을 통해 성장하고 그 속에서 진짜 답을 찾아가는 법을 보여줍니다. 그것이 이 매력적인 캐릭터가 오랜 시간 우리에게 사랑받는 이유겠지요.

그리고 여기에 〈이상한 나라의 앨리스〉와 마찬가지로 우리의 삶에 위로와 즐거움을 선사하는 이야기가 있습니다. 삶의 명언들을 통해 삶의 의지와 용기를 북돋아주는 셰익스피어의 작품들이죠. 이 책은 그런 셰익스피어의 삶에 태도가 담긴 문장들을 앨리스의 목소리로 말하고 있습니다. 이 책이 인생이라는 미로 속에 갇힌 오늘의 앨리스들이 내일의 힌트를 얻을 실마리가 되길 바랍니다.

《이상한 나라의 앨리스》 인물 소개

앨리스

단정하고 온화한 외모에
엉뚱한 상상을 좋아하는 여자 아이.
단호하고 소신 있는 성격으로
난관에 잘 대처해나간다.

하얀 토끼

앨리스를 이상한 나라로
이끄는 심약하고 우유부단한
성격의 토끼.

트위들디&트위들덤

엉뚱한 소리를 늘어놓는
수다쟁이 쌍둥이 트위들 형제들.

체셔고양이

필요할 때마다 앨리스 앞에 나타나
도움을 주기도 하지만
종종 곤란에 빠뜨리기도 하는
수수께끼 같은 존재.

하트여왕

앨리스가 빠져들어 간
이상한 나라의 주인.
성질이 불같고 변덕스럽다.

모자장수&
3월의 토끼

생일이 아닌 날을 축하하며
매일매일 다과회를 벌이는
독특한 인물들.

1 앨리스, 어제와는 다른 너에게

2 인생이라는 미로에서 길을 잃지 않으려면

3 아직 세상에 참 서툰 우리에게

ALICE IN WONDERLANDS

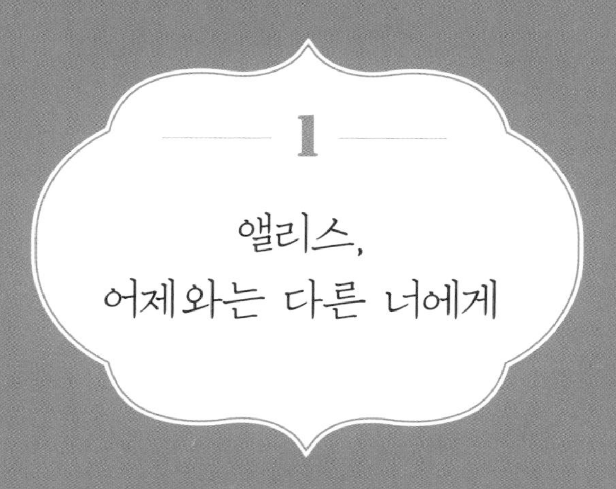

1

앨리스,
어제와는 다른 너에게

짧은 말 한마디에
긴 인생이 담겨 있어요

말을 한번 내뱉으면 그 의미가 영원히 남습니다. 때로 어떤 말은 오랜 시간이 흘러도 지워지지 않고 누군가의 영혼 깊이 새겨지죠. 흔히 말은 지나가는 것이라고 생각하지만, 그 사람의 겉모습뿐만 아니라 내면까지도 보여줍니다. 그러니 말을 소중하게 여기세요. 자신이 쓰는 단어 하나하나에 의식을 담아야 합니다.

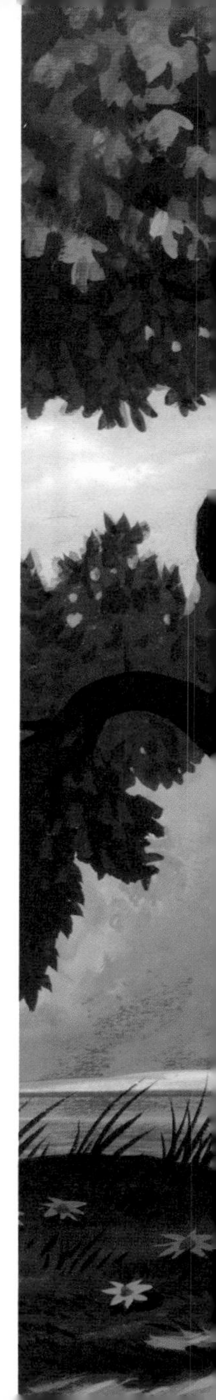

좋아하는 일이 있으면
아침을 기쁘게 시작할 수 있어요

몸은 때로 우리의 진실한 마음을 비춰줍니다. 즐거운 일이 있으면 얼굴에 빛이 나고 생기가 넘치지만, 나쁜 일이 생기면 아무리 이성으로 억누르려 해도 어두운 기색이 얼굴에 드러나죠. 이성을 중시하는 사람들은 몸의 소리를 무시하는 경향이 있지만, 때로는 몸이 원하는 것에 관심을 갖는 시간도 필요해요.

현재의 나는 알아도
미래의 나는 아직 몰라요

누구나 미래는 알 수 없어요. 그래서 많은 희망과 불안을 안고 살아가지만, 고민해본들 예상대로 되는 일은 거의 없죠. 인간의 뜻과 운명은 쉽게 어긋나고, 계획은 때로 무너지기 마련입니다. 그래서 좋은 마음으로 시작했다고 해서 결과도 그와 같으리라는 법도 없죠. 그러니 미래를 너무 단정하지 마세요. 우리 눈앞에는 미래로 이어지는 길이 무수히 많으니까요.

운명의 장난이
인생을 좌우하진 못해요

커다란 운명의 장난에 휘말리더라도 그것이 삶의 본질은 아니에요. 그저 우발적이며 누구에게나 일어날 수 있었던 우연 중 하나일 뿐이죠. 태어날 때부터 불행만 가득 안고 태어나는 사람은 없어요.

최악의 상황을 고려해본다면,
큰 문제는 피할 수 있어요

만일을 위해 최악의 사태를 가정해두면 큰 문제는 대비할 수 있어요. 그것이 사적인 일이든, 공적인 일이든 말이에요. 무엇이든 부정적으로 생각하라는 뜻은 아닙니다. 어느 정도 위험을 감수해야 하는 일이라면 각오를 단단히 다지고 대담하게 도전해보세요. 마음의 준비가 부족하면 작은 실수도 큰 문제로 이어질 수 있으니까요.

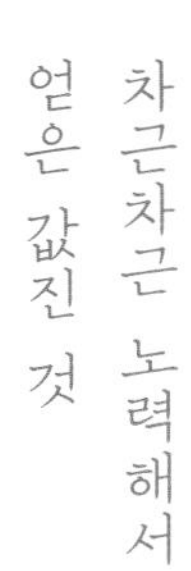

노력하지 않았는데 원하는 것이 이루어지는, 우연한 행운은 현실에서는 거의 일어나지 않아요. 어쩌면 작은 확률에 도박을 걸기보다는 착실하게 노력을 쌓아가는 것이 원하는 것을 얻는 가장 빠른 길일지도 모르죠. 게다가 아무 고생 없이 쉽게 손에 넣은 것은 빛을 잃어가는 속도도 빠릅니다. 고생과 고난 끝에 얻은 것은 평생 동안 빛나는 당신의 보물이 될 거예요.

아무것도 하지 않으면
아무것도 시작되지 않아요

좋은 일이 생기기를 그저 기다리고만 있나요? 그러나 인생은 기다리기만 하는 사람에게 아무것도 가져다주지 않아요. 좋은 기회가 찾아와도 손을 뻗어 잡으려고 하지 않으면 그대로 지나가버리는 것이 인생이죠. 그것을 시작할 계기와 약간의 용기만 있다면 멋진 경험을 할 수 있을 거예요.

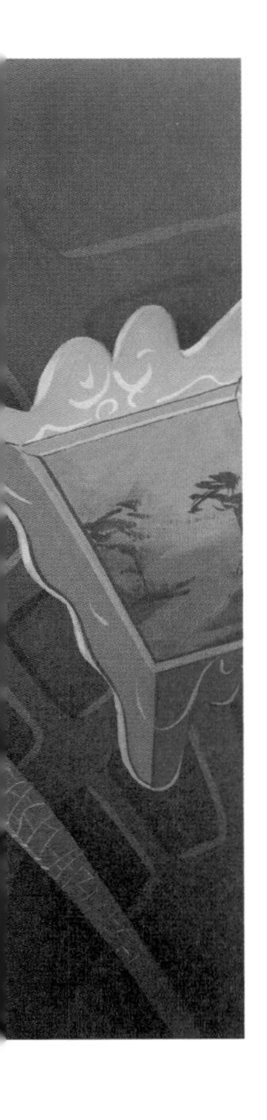

진정 소중한 것들은
이미 떠나온 시간에
있지 않아요

지나간 과거에서 아쉬운 점이 있더라도 너무 연연하지 마세요. 지금 원하는 것을 손에 넣을 수 있을지 없을지는 지난날에 좌우되는 것이 아니라 앞으로 어떻게 하느냐에 달려 있어요. 과거는 그저 떠나온 시간일 뿐입니다. 미래는 스스로 만들어나가야 해요.

흔들리지 않는 마음은 힘이 강해요

신념이 담긴 행동에는 망설임이 없습니다. 확신이 담긴 눈빛은 주변에 사람을 끌어당기고 운을 움직여 목적지에 다다르게 해주지요. 막다른 길에 서게 되어 혼란스러울 때는 마음에 품은 신념을 다잡아보세요. 흔들리지 않는 단단한 마음이 결국에는 눈앞의 벽을 부수는 힘이 될 테니까요.

이미 지나간 괴로움을 떠올리며
고통스러워하지 말아요

과거에 어떤 힘든 일이 있었더라도 이미 지나간 일이 당신을 괴롭힐 수는 없어요. 과거의 기억을 떠올리며 괴로워하는 것은 자신의 마음에 스스로 무거운 짐을 지우는 것과 같습니다. 이미 지나간 고통은 그냥 흘러가도록 내버려두세요.

절망 앞에 섰을 때는 희망만이 힘이 됩니다

어떤 물리적 보상이나 위로의 말로도 소진된 몸과 마음이 회복되지 않을 때가 있어요. 그런 때에 마음을 치유해주는 것은 의사도, 약도 아닌 희망입니다. 각자의 마음에 있는 희망의 문을 여는 열쇠는 모두 다릅니다. 그 열쇠는 스스로 노력해서 찾는 수밖에 없어요. 다른 사람에게서 받은 희망은 당장의 마음을 가볍게 해줄 수는 있어도 금세 사라지는 허상과 같습니다.

인생이라는 시간 속에
많은 사건들이 들어 있어요

모든 것이 평온하고 순탄하기만 한 인생은 없을 거예요. 살다 보면 여러 사건들과 마주하게 되지요. 지금 이 순간에도 어떤 이는 크게 괴로워하며 눈물을 흘리기도, 어떤 이는 뜻밖의 행운에 행복한 미소를 짓고 있을 거예요. 때로는 그 반대인 경우도 있겠지요. 누구나 마찬가지입니다. 누구의 인생에나 이런 크고 작은 고비들이 있다는 것을 알게 된다면, 인생의 고난들을 좀 더 편안한 마음으로 맞이할 수 있지 않을까요? 그것이 인생이니까요.

내일은 지금 이 순간부터

과거를 아무리 곱씹어봐도 상황을 바꾸거나 시간을 돌이킬 방법은 없어요. 과거를 인정하고 받아들이는 것은 행복으로 향하는 첫 번째 단계입니다. 이미 지나간 일에 마음을 쏟느라 새로운 일을 할 의지를 잃는다면 결국 마음이 불행해질 거예요. 이미 지나간 어제는 되돌릴 수 없지만, 내일은 지금 이 순간부터 만들어간다는 사실을 기억하세요.

(SOB)
NOW I SHALL NEVER GET THROUGH...
(SOB SOB)
THERE, NOW... A BIG GIRL LIKE YOU SHOULDN'T BE CRYING THAT WAY!

지금 흘린 눈물이
언젠가 진주가 되어 돌아올 거예요

많은 눈물을 흘린다는 것은 그만큼 감정을 풍부하게 느낀다는 뜻입니다. 또 많은 경험을 하고 있다는 의미이기도 하지요. 고통과 슬픔, 미칠듯한 후회와 가슴 떨리는 기쁨. 이 모든 감정이 당신의 인생을 빛나게 할 경험이 될 거예요. 마음을 열고 인생의 수많은 경험들과 그 속에 담긴 다양한 감정을 받아들인다면, 언젠가는 진정한 아름다움과 강인함으로 반짝이는 사람이 될 수 있을 거예요.

행복의 힌트는
오늘 안에 있어요

과거의 기억에 얽매이는 것도, 무턱대고 미래를 몽상하는 것도 인간으로서 자연스러운 행동이에요. 그러나 과거와 미래에 지나치게 얽매이면 현재 자신의 곁에 있는 희망을 알아보지 못하고 그냥 지나쳐버리지요. 때로는 직시하기가 괴로워 미래를 마냥 희망적으로 그리기도 합니다. 지금 머물고 있는 현재에 발디디지 않으면 현실은 변하지 않습니다. 오늘 속에도 분명 당신이 찾고 있던 행복의 힌트가 숨겨져 있을 거예요.

옳은 말보다 옳은 행동이 중요해요

'말은 쉬우나 행동은 어렵다'라는 말이 있듯이 이상이나 정론을 말하는 것은 누구나 할 수 있어요. 중요한 것은 그 말을 실천하는 행동입니다. 아무리 옳은 말을 해도 행동이 그 말과 모순된다면, 그 안에 담긴 훌륭한 뜻도 바래지기 마련이에요.

모든 시간은
언젠가 흘러가요

무절제한 삶을 살고 있는 사람에게도, 작은 행복을 소중하게 여기며 사는 사람에게도 시간은 똑같은 속도로 흘러갑니다. 시간은 멈추지도 않고 돌아서 가지도 않습니다. 그래서 지금의 괴로운 일도 한번 지나가면 다시 돌아오지 않죠. 그러니 이왕이면 행복을 바라보며 사는 편이 좋지 않을까요?

오늘의 일을 내일로 미루지 말아요

'조금은 괜찮겠지'라며 일을 미루는 행동이 때로는 치명적인 실수 혹은 처음 예상했던 것과는 판이하게 다른 결과로 이어질 수 있어요. 시간은 이미 지나갔기에 나중에 후회해도 되돌릴 수 없답니다.

나의 것을 기꺼이
나눌 수 있는 여유

공적으로든, 사적으로든 여럿이 함께 하다 보면 작은 손해를 감수해야 하는 순간이 있어요. 그 순간 자신의 손에 있는 것을 망설임 없이 타인에게 내밀 수 있다면, 건넨 것의 몇 배에 이르는 행복이 나에게 돌아올 거예요.

세상을 홀로 비추던 태양도
서쪽에서 잠시 숨을 돌렸어요

빈틈이라고는 없는 철저하고 완벽한 사람이라도 휴식은 필요해요. 우리는 누구나 직장과 가정, 학교 등에서 다양한 기대에 부응하며 살아가고 있죠. 강철 같은 사람이라도 때로는 지쳐서 완전히 녹초가 되기도 하고요. 잠깐이라도 좋아요. 하루 중 어느 때라도 긴장의 끈을 놓고 편안하게 쉴 수 있는 시간을 가지세요. 휴식은 활력을 되찾기 위한 유일하고도 가장 좋은 방법이니까요.

행운은 의외의 곳에서 시작돼요

'최고의 적은 방심'이라는 말이 있어요. 문제는 항상 예상하지 못한 곳에서 발생한다는 말이죠. 좋은 일이 생기더라도 긴장을 늦추지 말고, 나쁜 일이 일어나면 '이제는 좋아질 일만 남았다'라며 웃어 넘겨보세요.

나의 말이
누군가를 탓할 수도,
마음을 보듬을 수도 있어요

누군가를 단죄하는 말도, 용서하고 보듬는 말도 모두 같은 입에서 나옵니다. 우리는 희망이 가득한 말과 절망의 검을 휘두르는 말, 모두를 자유롭게 쓸 수 있어요. 지금, 당신은 어떤 말을 하고 있나요?

모든 일은 왜라는 말로 되물어보세요

원인이 있으니 결과가 있다는 당연한 사실을 우리는 쉽게 간과합니다. 마찬가지로 누군가의 행동에는 반드시 이유가 있다는 것을 기억하면, 문제의 해결책은 의외로 아주 가까운 곳에 있을지도 몰라요.

Menu
Special Today
OYSTERS
on the half shell
OYSTER STEW

어려울 때도 손을 내밀 수 있나요

인간은 상황에 따라 자신의 이득을 챙기는 존재라서, 햇살이 따사로이 비치는 동안은 활짝 문을 열어 태양을 환영하다가도 해가 지기 시작하면 문을 단단히 걸어 잠급니다. 친밀한 듯 보여도 겉으로만 그럴싸한 인간관계는 한쪽이 위기에 빠지면 다른 한쪽은 손을 내밀기는커녕 문을 닫아버리죠. 당신은 어떤가요?

현명한 사람은 말을 아낄 줄 알아요

'웅변은 은이고, 침묵은 금이다'라는 말처럼, 현명한 사람은 쓸데없이 많은 말을 하지 않습니다. 지나치게 과묵해서 쓴소리를 듣는 경우도 종종 있지만, 무심코 내뱉은 부주의한 한마디는 절대 되돌릴 수 없기 때문이에요.

잃어버린 것들의 소중함을 기억한다면

잃어버린 것일수록 아깝게 느껴지는 것은 물건이든 사람의 감정이든 마찬가지에요. 다시 되돌릴 수 없음을 알고 나면 특별히 소중하게 생각하지 않았던 것도 대단하게 느껴지는 법이죠. 소중했던 것을 잃은 뒤 깨달은 지금의 안타까운 마음을 기억한다면, 아마도 훨씬 더 많은 것들을 지키며 살아갈 수 있을 거예요.

눈앞의 달콤함에
현혹되지 말아요

달콤한 말에는 보이지 않는 면이 있습니다. 당장은 듣기 좋아도 무심코 그 말만 들었다가 나중에 큰 후회를 하는 경우도 있죠. 물론 나중의 일이야 상관없고 지금 좋으면 그만이라고 생각한다면 눈앞에 차려진 진수성찬을 마음껏 즐길 거예요. 하지만 눈앞의 달콤함에 빠지지 않는다면 전혀 다른 보상이 주어질지도 몰라요. 같은 일이어도 마음먹기에 따라 전혀 다른 일이 될 수도 있답니다.

나의 겉모습은
나의 마음을 담는 그릇이에요

보통 심리 상태가 겉으로 드러난다고 하지만, 그 반대도 마찬가지입니다. 우리의 몸은 정신을 담는 그릇이어서, 그 상태가 마음에도 반영되죠. 나태한 생활 습관은 나태한 마음을 만들고, 옹색한 생활은 옹색한 생각을 낳습니다. 일상을 살아가는 방식과 자세가 결국에는 나의 내면을 만들어간답니다.

어떤 일이건
나만의 이유가 있어야 해요

별다른 생각 없이 한 행동이 때때로 예상치 못한 상황으로 우리를 끌고 가기도 하고, 간혹 엄청난 행운으로 이어지기도 합니다. 심사숙고하여 행동해도, 즉흥적으로 행동해도 일의 성패를 미리 알기란 어렵죠. 중요한 것은 그 행동을 뒷받침할 나만의 이유가 있어야 한다는 것뿐이에요.

불씨는 작을 때 꺼야 해요

어렴풋이 눈치채고 있던 작은 문제들이 '아직은 괜찮아'라며 미루는 동안 감당할 수 없을 정도로 불어나 당황했던 적이 있나요? 불씨는 작을 때 꺼야 해요. 이것은 타협할 여지가 없는 인생의 철칙입니다. 귀찮다고 내버려둔 문제가 저절로 사라지는 게 아니라면 말이에요. 언젠가는 해결해야 할 일이죠.

억지로 시간의 흐름을 바꾸려 하지 말아요

봄, 여름, 가을, 겨울… 계절이 변하는 동안 그 계절에만 만날 수 있는 것들을 보면 자연의 위대한 힘에 감동을 느낍니다. 시간의 흐름에 따른 자연의 변화는 인간의 힘으로는 바꿀 수 없는 것이기에, 인내하고 기다리는 동안 커진 기대감이 그 순간의 감동을 더욱 풍성하게 해줍니다. 인생도 마찬가지예요. 자신의 욕심 때문에 억지로 자연스러운 시간의 흐름을 바꾸려 하지 마세요. 어쩌면 여름과 가을, 겨울을 인내하며 견뎌냈기에 봄이 우리에게 더 큰 의미로 다가오는지도 모르니까요.

실제보다 두려워하고 있진 않나요

생각이 생각의 꼬리를 무는 동안 어떤 상황이나 사람에 대한 감정이 극에 치달아 이성적으로 판단하기 힘들다고 느낀 적이 있나요? 지금 품고 있는 불안도 마찬가지일지 몰라요. 필요 이상으로 염려하고 두려워하고 있을 뿐, 실제로는 그다지 큰일이 아닐지도 모르니까요.

ALICE IN WONDERLANDS

2

인생이라는 미로에서 길을 잃지 않으려면

때로는 책 바깥에서
생각의 전환이 일어나요

세상은 우리에게 많은 것을 가르쳐주고 있어요. 책이나 텔레비전과 같은 갇힌 지식에만 의지하지 말고, 밖으로 나가 온몸으로 직접 느낄 수 있는 것들에서 인생의 실마리를 얻어보세요. 경직된 머리를 유연하게 만들고, 기분을 전환한 뒤 다시 생각해보면 또 다른 관점으로 문제를 볼 여유를 가질 수 있을 거예요.

자신의 의지로 피운 꽃이 아름다워요

꽃의 생명은 짧죠. 그런데 언제 꽃을 피울지 결정하는 것은 바로 자기 자신이에요. 주변의 상식이나 강요에 휘둘리지 않고 그 한순간을 위해 땅속 깊이 뿌리내리고 봉오리를 부풀리는 과정 속에 진짜 아름다움이 담겨 있어요. 자신의 의지로 피운 그 꽃은 분명 크고 아름다울 거예요.

THE NERVE OF HER!
GOODNESS, GRACIOUS!
OH-H-H!

매 순간 충실하면
싫증이 나지 않을 거예요

정신없이 흘러가는 시간이 아쉬운가요? 시간이 빠르게 흐른다는 것은 지금 성실하게 살고 있다는 증거랍니다. 반대로 아무것도 하지 않는 사람에게는 시간이 느릿느릿 흘러 때로는 고통스럽기까지 하죠. 친구와 보내는 순간, 멋진 풍경, 나에게 찾아온 수많은 행복한 일들과 놀라운 순간들에 매순간 충실하고자 노력하면 분명 흘러가는 삶에 싫증을 느낄 여유조차 없을 거예요.

운명이 말하는 바를 받아들여야 할 때도 있어요

체념한다는 말과 받아들인다는 말은 같은 의미가 아니에요. 누구에게나 인생의 풍랑이 격렬하게 자신을 덮쳐올 때가 있고 나약한 사람일수록 인생의 풍파를 자신의 생각대로 통제하려고 하죠. 하지만 세상에는 거스를 수 없는 운명도 분명 있어요. 자신의 힘으로 어찌할 수 없는 운의 흐름을 만났을 때는 그것을 조용히 받아들이는 이 또한 강한 사람이에요.

배움은
넓은 하늘에서 빛나는
눈부신 태양과 같아요

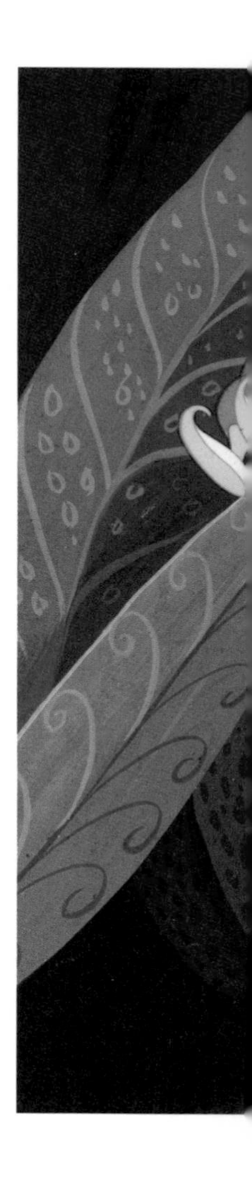

자신이 어떤 분야에 통달했다고 말하는 건 아직 배움의 입구에도 서지 못했음을 스스로 알리는 것과 같아요. 진심으로 뭔가를 배우고자 하는 사람이라면 익히면 익힐수록 모든 것을 완전히 아는 것은 불가능하다는 사실을 깨닫고 겸손해지기 마련이니까요.

순수함은 나를 지키는
가장 강한 힘이에요

진정한 강함은 순수한 마음에서 비롯됩니다. 순수함이란 나이나 살아온 배경과는 별개로 내 마음에 솔직하게 사는 것이죠. 다른 사람의 시선이나 평가를 너무 신경 쓰지 말아요. 오히려 먼 미래의 관점에서 지금의 자신을 한번 바라보세요. 그리고 지금 내 행동이 정말 나를 위한 것인지, 정말 이대로 괜찮은 것인지 스스로에게 물어보세요.

상처를 받아도 되는
사람은 없어요

살다 보면 누구에게나 기쁨과 슬픔이 번갈아 찾아옵니다. 때로는 본의 아니게 내가 다른 사람에게 슬픔의 원인이 되기도 하죠. 어쩔 수 없이 누군가에게 상처준 일이 있다면 '상처를 받아도 되는 사람'이란 따로 존재하지 않는다는 것을 떠올리세요. 언제나 스스로에게 하듯 따뜻한 마음으로 타인을 바라보세요. 상처주었다는 걸 뒤늦게라도 알았다면 상대의 마음을 헤아리고 위로해주는 건 어떨까요?

I DON'T KNOW WHICH IS WHICH...

시간을 내 편으로 만들려면

원하는 목표를 위해 시간을 들여 경험을 쌓고 싶나요? 그러나 무언가를 오래 배웠다고 할지라도, 배우려는 의지나 노력이 더해지지 않았다면 시간과 돈을 허비한 것뿐이죠. 나의 의지와 작은 노력들이 성실하게 쌓여야 비로소 시간이 내 편이 되어줄 거예요.

진정한 희망은
높은 곳에 있어요

누군가에게 허황된 생각이라며 면박을 주거나 반대로 지적받은 적이 있나요? 혼자 희망을 품든 높은 이상을 가지든 누구도 나를 비난할 순 없어요. 사실 진짜 희망은 높은 곳에 존재하고 그 높이만큼 우리를 끌어올려 주죠. 다른 사람들의 시선이나 상식은 잠시 내려놓으세요. 자유롭고 간절한 마음으로 품은 희망이, 나 자신을 행복으로 이끄는 안내자가 되어줄 거예요.

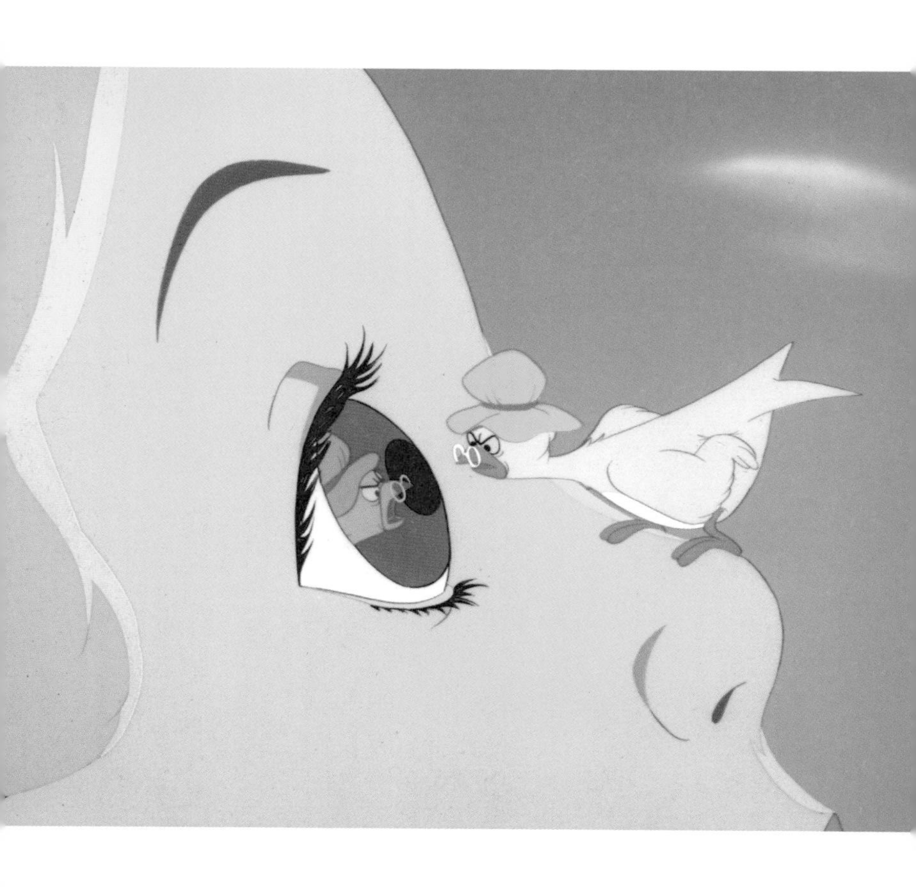

상대의 눈빛은 더 많은 것을 담고 있어요

흔히 눈은 그 사람의 마음을 비추는 창이라고 하죠. 그러나 누군가와 마주 보고 이야기할 때 상대방의 눈에 비치는 것은 바로 자기 자신입니다. 즉, 나의 마음 상태가 그대로 상대방의 눈에 비친다는 뜻이에요. 마주 앉은 상대방의 눈에 나는 어떤 모습으로 비치고 있나요?

UP
THIS WAY
DOWN
THIS WAY
YONDER
DOWN
UP
THAT WAY
YONDER
BACK
THAT WAY
GO BACK
BACK
THIS WAY
THAT WAY

불운 앞에 포기하지 말아요

누군가는 처음부터 행운을 타고나고, 나만 불운의 패를 잔뜩 쥐고 있는 것 같아서 화가 나나요? 진실은 인생이 결코 공평하지 않다는 거예요. 그것은 어쩔 수 없는 일이지요. 그런데 손에 쥔 패가 좋지 않다고 해서 여기서 이대로 포기할 건가요? 불운이 닥치는 것을 어떤 의미로는 기회일 수도 있어요. 불운은 사람을 분발하게 하고 거기에서 벗어나려는 행동이 또 다른 일의 원동력이 될 수 있으니까요.

행운은 언젠가 찾아오게 마련이에요

괴로운 나날을 보내는 가운데 갑자기 믿기 힘들 정도로 커다란 행복이 찾아올 때가 있어요. 옛말에도 고생 끝에 낙이 온다는 말도 있죠. 운명의 여신은 변덕스러워서 언제 어떤 식으로 행운을 줄지 누구도 예상할 수 없어요. 현재가 너무 힘들고 괴롭더라도 너무 낙담하지 마세요. 어쩌면 다음에 올 엄청난 행운의 전조일지도 모르니까요.

세상에 대한 감동을 잊지 마세요

세상에 대한 감동을 잊지 않는 것, 그 마음을 갖고 살아가는 것은 기쁨이 넘치는 인생을 위해 반드시 필요한 태도예요. 일상은 늘 비슷하게 반복되기에 놀랄 만한 일이 없다면 매일을 별 감흥 없이 보낼 거예요. 하지만 산다는 것은 자신이 느끼고 있는 것 이상으로 대단한 일입니다. 지금 살아가는 하루하루를 가슴 깊이 느껴보세요. 그것만으로도 세상이 멋지고 새롭게 느껴질 거예요.

작은 실천이 신뢰를 쌓는 시작이에요

말만 앞서는 사람들이 있습니다. 말은 청산유수지만 정작 행동은 하지 않는 사람들이지요. 이런 이들에게는 믿음이 가지 않습니다. 사소한 것이라도 행동으로 먼저 보여주는 모습에 신뢰가 생겨납니다. 누군가를 설득하고 싶다면 그 사람이 당신의 말에 설득되기만 기다리지 말고 아주 작은 것이라도 행동으로 보여주세요.

I DON'T WANT TO GO AMONG MAD PEOPLE!

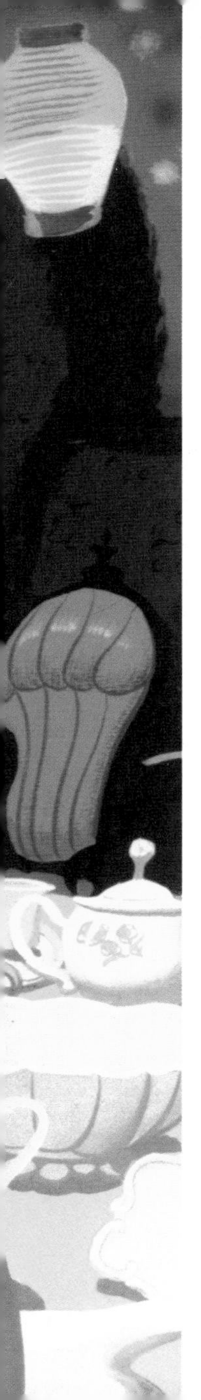

솔직하게 나를 표현하는
것으로 충분해요

타인과의 소통을 힘들어하는 사람들이 많습니다. '나는 사람 사귀는 데는 재주가 없는 것 같아' '나를 이상하게 보면 어쩌지?' 머릿속에서만 맴도는 생각에 지레 겁먹은 것은 아닌가요. 그저 상대방의 이야기를 편안하게 들어주고, 솔직하게 나를 표현하는 것으로 충분해요. 그 과정에서 보이는 작은 흠을 상대방은 기억하지 못할 거예요. 그렇게 관계가 쌓여 깊어지고, 또 내 인생의 깊이도 더욱 풍요로워집니다.

초대받지 않은 곳에
불쑥 찾아가지 말아요

초대하지도 않았는데 스스로 찾아와 큰소리로 떠들며 즐거운 분위기를 어색하게 만드는 사람들이 있어요. 그런 사람들은 어느 곳에서도 환영받기 어렵습니다. 당신도 그런 적은 없나요? 의도한 것은 아니지만 나도 모르는 새 흙 묻은 발로 타인의 영역을 더럽힌 적은 없는지 생각해보아요.

만족을 아는 사람은
마음이 가난해지지 않아요

옆에서 보기에는 사서 고생하는 것처럼 보여도, 자신의 삶에 만족하는 사람은 매일 작은 기쁨을 느끼며 살아갑니다. 작은 기쁨이 쌓이고 쌓여 만들어진 삶은 그 자체로 더없이 소중해 다른 것들이 끼어들 틈이 없어요. 하지만 반대로 남들이 보기에 아무리 좋은 조건을 가지고 있는 사람일지라도 만족을 모른다면, 채워지지 않는 욕심으로 인해 언제까지나 고통받을 수밖에 없답니다.

말하는 것과
행동으로 옮기는 것

입만 움직일 줄 알고 손은 움직일 줄 모르는 사람은 아무리 시간이 흘러도 그대로일 거예요. 말만 하는 것과 행동으로 옮기는 것은 다른 문제입니다. 진짜 현명한 사람은 소중한 것일수록 바로 입 밖으로 내뱉기보다는 마음에 오래도록 담아둡니다.

좋은 친구를
기억하는 것은 마음속 깊이
행복해지는 일이에요

매일 연락하지 않아도 만나면 언제든 변하지 않고 기쁨을 느끼게 해주는 사람이 진정한 친구에요. 만약 당신에게 그런 친구가 있다면 스스로에게 자부심을 가져도 돼요. 서로의 진심을 나누는 깊은 우정은 그 무엇과도 바꿀 수 없는 소중한 것이니까요.

힘든 일은 한숨 푹 자고 잊어버려요

아무리 애써도 부정적인 감정의 여운이 떨쳐지지 않을 때는 일단 이불 속으로 들어가세요. 수면은 당신을 치유해주는 가장 확실한 방법입니다. 잠깐 게으름을 피우는 것 정도야 어떤가요? 깊은 잠에 빠지면 밤의 장막이 당신을 따뜻하게 감싸줄 거예요. 그렇게 상쾌한 마음으로 눈을 뜬 아침에는 뭔가 새로운 방법이 떠오를지도 몰라요.

A VERY MERRY UN-BIRTHDAY TO YOU, MY DEAR!
FOR ME?

삶은 일상과 특별한 날의 조화로 완성되어요

긴 휴가가 끝날 즈음 쉬는 것도 지겹다고 생각했던 적은 없나요? 아무리 즐거운 일이라도 계속 이어지면 일상이 됩니다. 그리고 사람은 익숙한 것에 쉽게 싫증을 내지요. 평범한 일상과 특별한 날이 적절히 어우러지는 인생을 사세요. 벚꽃이 아름다운 이유는 매년 정해진 시기에만 피고 지기 때문이라는 것을 기억하세요.

괴로운 일 안에도 좋은 면은 있어요

세상에는 완전한 악도 완전한 선도 존재하지 않아요. 평상시 싫다고 생각했던 사람에게도 찾아보면 장점이 있듯이 힘들고 괴로운 일 속에도 분명 좋은 부분이 있기 마련입니다. 어쩔 수 없는 일이라면 상황의 나쁜 면만 보고 한탄하지 말고 좋은 면을 발견하려 노력해보세요. 지금 나의 마음을 짓누르는 삶의 무게가 조금은 가볍게 느껴질 거예요.

TULGEY
WOOD

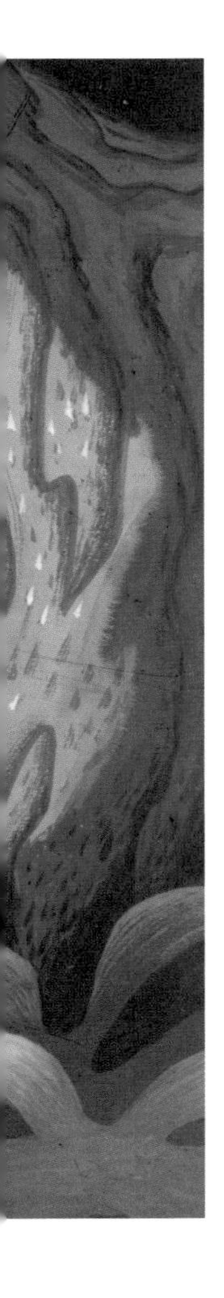

슬픔을 이겨내려
너무 애쓰지 말아요

빛과 그림자처럼 기쁨과 슬픔은 서로 번갈아 우리를 찾아옵니다. 하나가 오면 다른 하나는 사라지고, 하나가 사라진 자리에 다른 하나가 나타나죠. 슬픔이 없는 기쁨은 존재하지 않는다는 뜻이에요. 언젠가는 지금의 슬픔도 옅어지고 그 자리로 다시 기쁨이 찾아올 거예요. 그러니 지금 너무 힘들다면 슬픔을 이겨내기 위해 너무 애쓰지 않아도 괜찮아요. 언젠가는 다 지나갈 테니까요.

주변을 살피는 여유가
당신의 매력을 더 빛나게 해줄 거예요

아무리 훌륭한 생각과 아름다운 외모를 가진 사람이라도 때와 장소에 맞게 행동하지 않는다면 상대방에게 어딘지 불편한 기분을 느끼게 할 거예요. 때와 장소에 어울리는 사람이 되는 방법은 말이나 행동을 하기에 앞서 먼저 주변의 이야기를 잘 듣고 관찰하는 것입니다.

현재를 똑바로 볼수록 추억도 가치 있어요

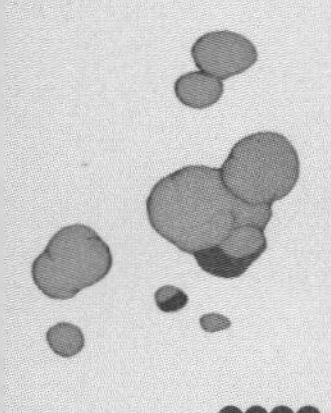

우리는 누구나 항상 무언가를 잃으며 살아갑니다. 그리고 시간이 지나면 힘들고 슬펐던 기억들은 마모되고 그 순간의 반짝이는 기억만 남게 되죠. 추억이라는 이름으로 말입니다. 하지만 지나치게 추억에 기대어 살다 보면, 정작 지금 내가 누릴 수 있는 소중한 것들을 잃어버릴지도 몰라요. 이미 지나간 시간 속에 남아 있는 것을 그리워하기보다 현재를 똑바로 바라보세요. 그럴 수 있을 때 추억도 더 가치 있을 거예요.

모든 슬픔은 지나가기 마련이에요

어떤 큰 슬픔도 언젠가는 지나간다는 사실을 누구나 알고 있어요. 그러나 비탄에 잠긴 사람의 마음은 먹구름에 가려져 옳은 판단을 내리기 힘들어요. 계속해서 슬픈 생각만 하다 보면 슬픔이 마음속 깊이 뿌리내릴지도 모르고요. 슬픔에 지나치게 빠져들지 않도록 가끔 가벼운 생각으로 기분을 전환해보세요. 나를 잠식했던 슬픔이 서서히 떠나가는 것이 느껴질 거예요.

PERHAPS SHE'LL GIVE ME A WAY HOME! HOW DO I FIND HER?
THE SHORT CUT IS RIGHT THROUGH THIS TREE!

너무 많은 것을 보여주려 하지 말아요

자신의 능력을 뛰어넘는 말이나 행동 혹은 그것을 과시하려는 모습은 주변 사람들의 마음을 불편하게 만듭니다. 언제나 신중하고 조심스러운 태도는 자신을 지키는 방패가 되어줄 거예요. 자신의 바닥까지 다 드러나게 과시하는 것은 애초에 적게 가지고 있는 것보다 나쁠 수 있답니다. 나를 전부 보여주기보다는 적당한 여력은 남기는 것이 불확실한 미래에 더 잘 대처할 수 있는 방법이랍니다.

고귀함은 인간의 가치를
소중히 여기는 데에서

고귀함은 겉으로 보이는 외모나 지위에 따라 정의되는 것이 아니에요. 고귀함이란 인간으로서 지켜야 할 가치를 소중히 여기는 마음에서 시작되죠. 마음속의 소중한 가치들을 지키고 행동으로 옮기려 노력한다면, 어떤 곳에 있어도 당신의 고귀함을 지킬 수 있을 거예요.

의지는 희박한 확률도 이길 수 있어요

어른이 될수록 세상에는 노력해도 어쩔 수 없는 일도 많다는 것을 받아들이게 됩니다. 그 때문에 희박한 가능성 앞에서는 포기하고 싶은 마음이 들기도 하죠. 그럴 때는 긍정적으로 생각하는 것조차 힘에 부칠 겁니다. 하지만 포기하지 마세요. 포기하지 않는다고 해서 원하는 것을 모두 얻을 수 있는 것은 아니지만, 포기하지 않는 사람만이 이상적인 미래에 가까워질 수 있으니까요. 옆에서 보면 그저 발버둥치는 것처럼 보일 수 있지만, 희박했던 확률을 조금씩 키우고 있는 중인 거랍니다.

누구도 완전무결한 완벽함은 가질 수 없어요

세상에 정말 완벽한 사람이 존재할까요? 살아 있는 존재라면 누구나 많든 적든 단점이나 부족한 부분을 가지고 태어납니다. 그것을 하나하나 지적하고 탓한다면 아무것도 시작할 수 없어요. 다른 사람은 물론이고 자기 자신에게도 조금은 관대해지는 것은 어떨까요? 굳었던 마음이 풀리고 그곳에 긍정적인 기분이 깃들 때 또 다른 눈으로 세상을 바라볼 여유가 생길 거예요.

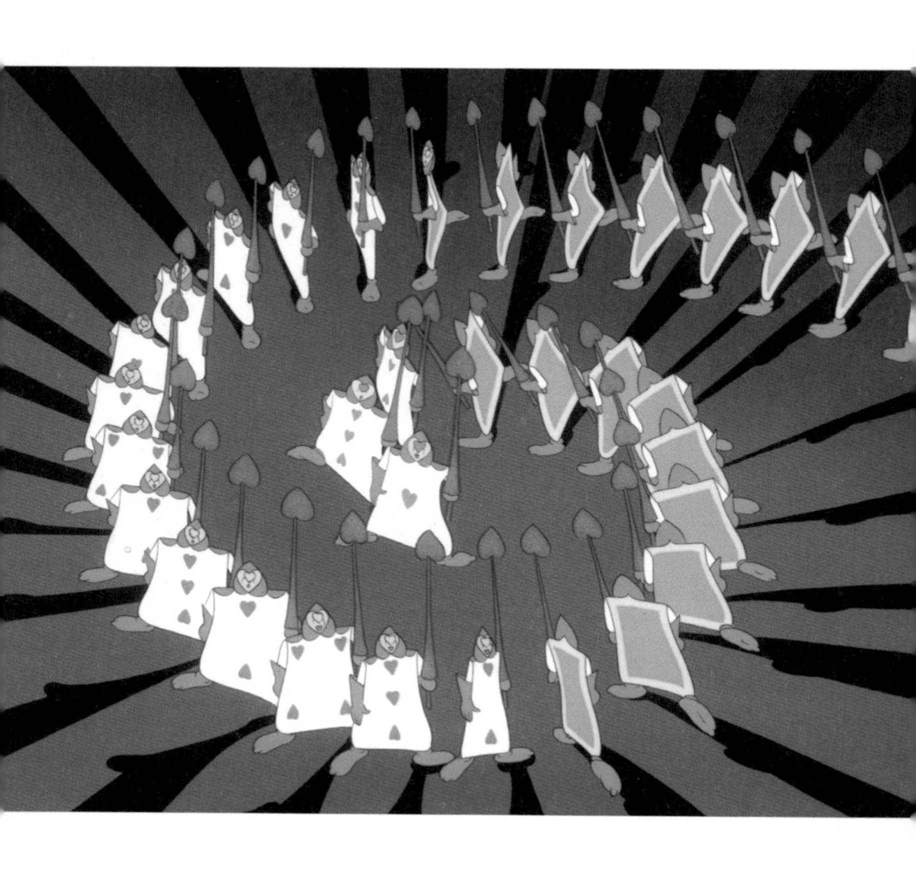

수많은 시도들이 모여
하나의 목표를 향해 나아가요

목표를 향해 나아가는 데는 여러 길이 있습니다. 그 중에 정답은 없어요. 여러 갈래의 길이 한곳으로 모이듯이, 수많은 강이 바다를 향해 흘러가듯이, 목표만 잃지 않는다면 어떤 식으로든 괜찮습니다. 남과 다른 방식이라도 상관없어요. 다만 과정에 빠져 어디로 가는 길이었는지를 잊지만 마세요.

즐겁게 하는 일에는
고통이 느껴지지 않아요

아무리 힘들어도 그것이 자신이 원하는 길이라면 고통스럽지만은 않을 거예요. 반대로 지금 이 순간이 힘들고 괴롭게만 느껴진다면, 자신이 정말 좋아하고 바라는 일을 하고 있지 않다는 뜻일 수도 있어요.

사람을 대하는 것이 능수능란한 사람은 자신의 의도를 잘 숨깁니다. 오히려 얼굴에서 악의가 드러나는 사람은 오히려 다른 사람에게 큰 해를 입히지 못하지요. 정말 무서운 것은 웃는 얼굴 뒤에 진심을 숨기는 사람들이에요. 웃는 얼굴이 아닌 그 안의 진심을 꿰뚫어보는 눈을 길러야 해요.

웃는 얼굴 뒤에 가려진
진심을 보세요

3

아직 세상에
참 서툰 우리에게

마음은 감추려 하면 할수록
드러나게 마련이에요

긍정적인 쪽이든, 부정적인 쪽이든, 감추려 하면 할수록 커져 끝내 나의 마음을 상대에게 들킨 적이 있나요? 우리가 아무리 화려한 말과 외모로 겉을 치장하려 해도 의식하지 못하는 사이 나의 마음이 얼굴에 드러납니다. 매력적인 사람이 되고 싶다면 내 마음을 먼저 들여다봐야 하는 것은 그런 이유입니다.

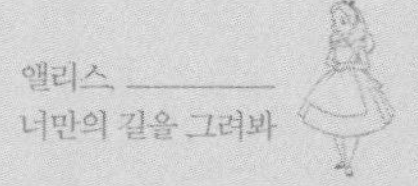

WELL, WHATEVER YOU ARE... LOOK UP, SPEAK NICELY... DON'T TWIDDLE YOUR FINGERS...

사람도 비어 있을수록
큰 소리가 나요

빈 그릇이 큰 소리를 낸다는 말이 있어요. 이론만 빠삭하여 떠들어대거나 자기 자랑에 열을 올리는 사람일수록 생각이 얕은 경우가 많다는 것을 빗댄 말이지요. 반대로 사려 깊은 사람의 목소리는 작고, 이야기는 짧습니다. 그 소리를 잘 듣기 위해서 자신도 모르게 정신을 집중하고 귀를 기울이게 되죠.

나쁜 마음이
들게 하는 것은 피하세요

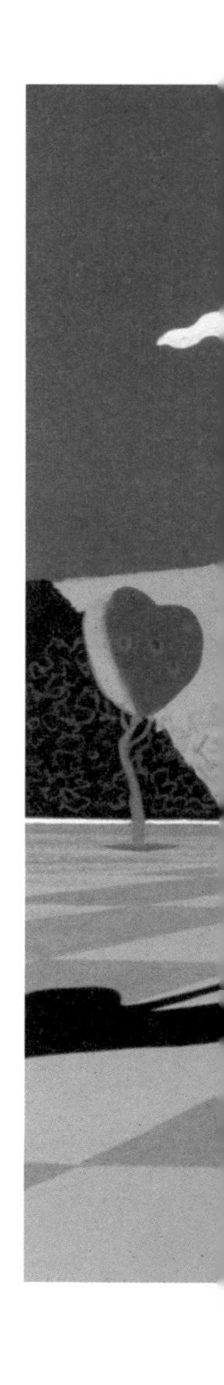

'운이 나빴다'라는 말은 나쁜 짓을 저지르는 사람의 상투적인 변명이에요. 물론 자신이 의도한 바는 아니지만 상황에 따라 생각과는 다른 행동을 하게 된 경우도 있겠지요. 그렇다면 처음부터 그런 상황이나 물건 혹은 자신에게 자꾸만 그런 일을 저지르게끔 만드는 사람에게는 가까이 가지 않는 것이 좋아요. 위험한 분위기가 감도는 곳엔 시선조차 주지 않는 것도 나를 지키는 방법입니다.

애매한 호의가 오히려
상처를 줄 때도 있어요

잠시 손을 내밀었다가 그 후에는 보고도 못 본 척한다면 정말로 도와줬다고 말할 수 있을까요? 물론 아무것도 하지 않는 것보다는 낫다고 생각할지도 몰라요. 하지만 그로 인해 상대방은 도움을 받기 전보다 더 큰 절망에 빠질 수도 있어요. 애매한 호의는 상대에게 오히려 상처를 줄 수 있다는 것을 기억하세요.

이 순간을 견디면
언젠가는 불행도
웃어넘길 수 있을 거예요

포기하는 것과 인내하는 것은 달라요. 자신의 힘으로 어쩔 수 없는 일이라면 괜히 억지로 바꾸려 하지 말고 지나가길 기다리는 것이 최선일 수도 있어요. 차가운 눈 아래에서 봄을 기다리는 풀처럼 싹을 틔울 때를 포기하지 않고 기다리다 보면, 언젠가는 지금의 힘든 시간도 웃으며 이야기할 날이 올 거예요.

생각이 깊은 사람은 작은 물결에
큰 소리를 내지 않아요

진정한 지성은 과시하는 것이 아니라 정말 필요할 때만 그 모습을 드러냅니다. 그러니 지나치게 가벼운 언행을 계속하는 건 자신의 생각이 얕다는 사실을 주변에 알리는 것이나 마찬가지에요. 진정한 지성에서 나오는 말만이 사람의 마음에 깊은 울림을 줄 수 있어요.

AND IT WILL BE YOURS! OFF WITH HER...

너무 오랫동안 혼자 생각하지 마세요

사람의 마음은 복잡하고 변화무쌍합니다. 때때로 생각의 끈을 여기저기 휘감으면서 자신만의 세계를 구축하죠. 그러나 생각을 계속해서 속에 쌓기보다는 적당히 밖으로 꺼내놓는 것이 좋습니다. 자신이 만든 마음속 미로에서 스스로 헤매지 않기 위해서라도 꼭 필요한 일이지요.

한결같은 태도가
나를 지켜줄 거예요

적의에 적의로 대응하는 것은 악순환만 되풀이할 뿐이에요. 어떤 경우에도 자기 자신에게 부끄럽지 않게 행동하세요. 한결같은 태도를 지키는 것은 나 자신을 지키는 일이에요. 또한 스스로 구정물로 걸어들어가는 악수를 피하는 현명한 대처법이기도 하지요.

앞뒤가 꽉 막힌 곤란한 상황에서는 정공법이 지름길일 수도 있어요. 눈치 보지 말고 자기만의 방식으로 용기 있게 나아가세요.

자신만의 방식으로
용기 있게 나아가세요

때로는 시간이 많은 것을 해결해줘요

단단히 오해받는 일이 생겨 끝내 문제를 풀기가 힘들 것 같아도 너무 마음 쓰지 마세요. 스스로 마음에 걸리는 일을 하지 않았다면, 평소처럼 당당하게 행동하는 것이 가장 좋습니다. 누군가가 당신의 정당함을 증명해주지 않아도 당신 자신과 시간이 알고 있으니까요. 묻혀 있던 진실도 시간이 지나면 반드시 드러난다는 것을 기억하세요.

현명함이란
타인에 대한 상상력을
발휘하는 일이에요

현명함은 배우는 것이 아니라 깊이 생각하고 타인의 마음에 다가가는 것입니다. 약간의 상상력도 필요하죠. 진정한 현명함이란 지식이 아닌 마음에서 나온다는 사실을 기억하세요.

가진 것이 없으니
잃을 것도 없다는 말

스스로 많은 것을 가지고 있다고 생각하는 사람은 그것을 지키기 위해 필사적으로 애씁니다. 사실 부와 명예, 아름다움과 같이 우리가 가치 있다고 생각하는 것은 모두 타인에 의해 정의되었으며 실체가 없는 것들이죠. 애초에 온전한 자기 것이란 자기 몸뿐, 잃어버릴 것은 하나도 없답니다. 이런 생각을 하면 왠지 용기가 생기지 않나요?

어떤 말로도 그 사람의 마음을
얻을 수 없다면 선물을 보내세요

어떤 말도 소용없다면 눈에 보이는 것으로 마음을 증명하는 수밖에 없어요. 때로는 마음을 담은 말이 감동을 줄 때도 있고, 어떤 때는 정성 담긴 선물이 감동을 주기도 합니다. 때와 장소, 사람마다 맞는 방법으로 마음을 전하는 것 또한 배려의 한 방법이에요.

NONSENSE! I HAD NOTHING TO DO WITH... (OH,OH!)

생각을 위대하게 하듯,
행동도 위대하게

아무리 좋은 생각이라도 실제 행동이 그에 따르지 않는다면 아무 의미도 없습니다. 이상을 높게 세우면 행동도 그에 가깝게 하도록 노력해야 하죠. 그렇지 않으면 생각은 그저 나의 머릿속에만 머무는 허상일 뿐이에요.

용기 없음을 스스로
탓할 필요는 없어요

용기는 상황에 따라 커지기도 작아지기도 합니다. 또한 용기가 있는 사람과 없는 사람은 따로 있지 않고요. 생각이 조금 바뀌거나 상황이 달라지면 평상시 소극적이었던 사람이 큰 용기를 내기도 하죠. 또 상황에 따라서는 작은 용기라도 충분히 상황을 반전시키는 스위치가 되기도 합니다. 그러니 용기가 나지 않는다고 스스로를 자책하지 마세요. 아주 작은 스위치면 충분합니다.

한 걸음 뒤에 행복이
기다리고 있다는 걸 기억하세요

살다 보면 시련에 부딪힐 때가 있습니다. 그럴 때 사람은 막막하고 두려운 마음에 눈을 감고 도망치고 싶어지죠. 하지만 행복은 용기를 갖고 나에게 주어진 시련을 극복한 뒤 도달할 수 있는 곳에 있어요. 두려움과 무력감을 이기고 한 걸음만 앞으로 내디디면 길은 의외로 쉽게 열릴 거예요.

고난은 귀한 보석을
감추고 있는 원석과 같아요

인생의 역경을 무조건 나쁘다고 할 수만은 없어요. 역경을 극복해 얻은 성공은 아무 노력 없이 손에 넣은 것보다 귀중하고 가치 있을 테니까요. 적어도 자신의 삶을 스스로 만들어갈 수 있다는 자신감을 얻을 수 있을 거예요.

화려한 겉모습보다
내면의 아름다움이 빛나야 해요

겉모습이 아무리 화려하고 눈부시게 빛나도 진정한 아름다움은 내면에서 나와요. 그런데도 우리는 쉽게 아름다운 외면에 마음을 빼앗겨 본질을 놓치고 말죠. 겉으로 보이는 모습에 현혹되지 마세요. 눈을 감고 상대방의 진짜 모습을 보도록 노력해봐요.

고난이
얼굴빛을 흐리게 할 수는 있어도
마음까지 바꿀 수는 없어요

갑작스럽게 닥친 시련이 우리의 겉모습을 초라하게 만들지라도 마음까지 초라하게 만들 수는 없어요. 불안과 괴로움이 닥쳐도 절망하지 마세요. 환하게 빛나고 있는 마음 깊은 곳의 희망이 자신을 잃지 않도록 지켜줄 거예요.

10/6

마음이 변하는 것이 나쁜 것만은 아니에요

사람의 마음은 원래 변하기 쉽고 불안정해요. 하지만 그것이 꼭 나쁜 것은 아니에요. 어쩌면 영원히 바뀌지 않는 것이 더 이상한 일일지도 모릅니다. 한 가지 생각에 갇혀 그 마음이 영원한 것인 양 자기 자신의 마음을 속이고 속박하는 것이야말로 위험한 일일지도 몰라요.

모든 일에는 끝이 있어요

시간은 누구에게나 공평해요. 어떤 지위와 조건을 가졌든, 좋은 사람이든 나쁜 사람이든, 시간의 흐름이라는 순리 안에서는 누구도 벗어날 수 없으니까요. 그것은 현재 우리를 억압하는 듯한 고뇌와 고통, 삶의 여러 문제들도 시간의 흐름 앞에서는 큰 의미가 없을 수도 있다는 뜻이에요. 그러니 적어도 자신이 뜻하는 바대로 살아가세요.

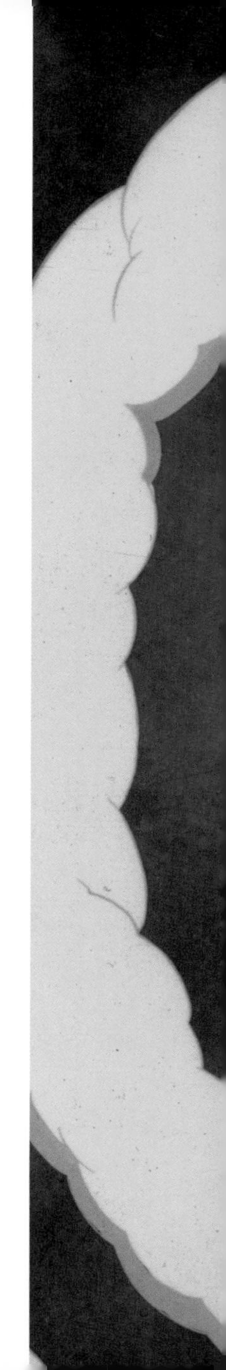

나에게 주어진 역할이
버겁게 느껴질 때는

사람은 누구나 타인과의 관계 속에서 '나'라는 배역에 맞게 살고 있어요. 일이나 관계에 휘둘려 녹초가 되더라도 그것이 우리가 연기하는 배역 중 하나일 뿐이라고 생각한다면 마음의 짐이 조금은 덜어지지 않을까요? 자신에게 주어진 역할이 너무 버겁게 느껴지는 날에는, 마음만 먹으면 언제든 그 역할에서 자유로워질 수 있다는 것을 기억하세요.

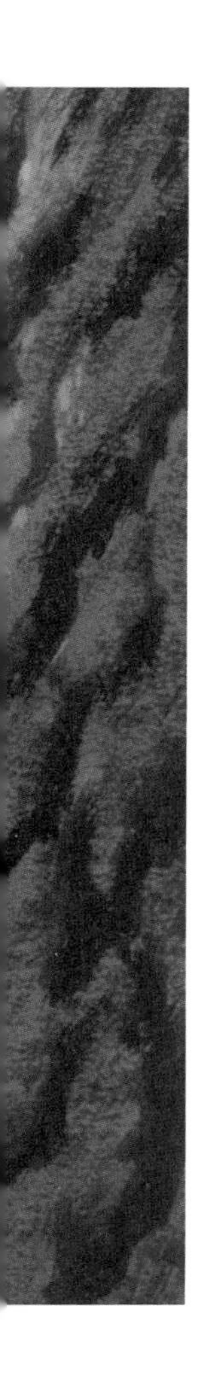

진정한 기쁨은 말로 다 표현할 수 없답니다

정말 기쁜 일이 생겼을 때 먼저 그 행복을 마음속으로 오랫동안 음미하세요. 그럴수록 행복의 여운이 우리 안에서 무르익어 아름다운 향기를 풍길 거예요. 굳이 표현하지 않아도 행복의 달콤한 향이 주변의 사람들을 매혹시키고, 당신을 더욱 매력적으로 느끼게 해줄 거예요.

우리의 마음을 평온하게 해주는 것이 진실이에요

앞으로 나아가는 힘은 우리가 믿는 진실에서 나와요. 그 진실이 괴로움의 안개 속에서 헤매지 않고 앞으로 나아가게 해주죠. 당신이 믿는 진실은 무엇인가요?

당신은 당신의 생각보다
더 좋은 사람이에요

다들 내면의 아름다움을 가꿔야 한다고 말하지만, 어떻게 해야 할지 방법을 모르겠나요? 그저 스스로의 마음에 귀를 기울여보세요. 그리고 자신이 진심으로 기뻐할 만한 일을 찾아보세요. 보통 사람들은 그 사실을 무심코 지나치고 말지만, 이렇게 마음을 들여다보고 있으면 스스로가 생각보다 더 좋은 사람이라는 것을 깨닫게 될 거예요.

언제나 어딘가로 가고 있는 당신에게

〈이상한 나라의 앨리스〉라고 하면 잠깐 단잠에 빠진 어린 소녀의 꿈 속에서 벌어지는 신기한 모험담이라는 줄거리가 어렵지 않게 떠오릅니다. 그러나 단지 꿈에 관한 이야기라고 하기에 여러 난관을 용기 있게 헤쳐 나가는 앨리스의 모습은 우리의 가슴을 설레게 하고, 삶에 관한 의미심장한 메시지를 던지는 체셔고양이와 하트여왕의 말은 우리를 멈춰 서게 만듭니다. 그냥 지나치기에 이야기가 담고 있는 의미들이 진지하고, 우리는 이상한 나라만큼이나 이상한 현실 속에 살고 있기 때문입니다.

"그래, 넌 미쳤어. 이건 비밀인데…멋진 사람들은 다 미쳤단다."

어쩌면 앨리스의 말처럼 우리의 현실은 다소 비스듬한 시선으로 봤을 때 더 진실에 가까운 모습을 보여주는지도 모르죠. 이렇듯 앨리스의 모험 이야기에는 신기하고 엉뚱한 모험을 넘어서 여러 난관 속에서도 자신만의 방법으로 자신의 길을 만들어가고자 하는 인간의 의지가 담겨 있습니다. 죽도록 노력해야 같은 자리에 서 있거나 겨우 조금씩 앞으로 나아갈 뿐이라는 하트여왕의 말처럼, 이미 이 세상은 아름답고 순수한 동화가 아닌 괴로움과 슬픔, 기묘한 일로 가득한 이상한 세계라는 것을 이 책을 읽는 독자들은 알고 있으니까요.

앨리스는 그런 현실 속에서도 자신만의 이유를 찾고, 용기 있게 앞으로 나아가야 한다고 말해주고 있습니다. 때로는 헤맬지라도, 때로는 느리더라도 언젠가는 어딘가에 도착하게 되어 있으니까요.

이상한 나라를 모험하는 앨리스처럼 용감하게, 길을 잃더라도 당황하지 말고 자유롭게 앞으로 걸어나가세요. 어쩌면 그것이 이상한 나라에 빠져든 앨리스가 행복한 삶으로 갈 수 있는 가장 빠르고도 유일한 방법일지도 모르니까요.

나는 어제로 돌아갈 수 없어.

I can't go back to yesterday.

왜냐하면 나는 그때와는 다른 사람이기 때문이야.

Because I was a different person then.

옮긴이 정 은 희

고려대학교에서 영어영문학과를 졸업 후 일본어의 매력에 빠져 일본어로 된 책을 읽으며 번역가의 꿈을 키웠다. 이후 글밥아카데미 번역자 과정을 수료했으며, 현재 바른번역에서 전문 번역가로 활동 중이다. 옮긴 책으로는 《곰돌이 푸, 행복한 일은 매일 있어》, 《곰돌이 푸, 서두르지 않아도 괜찮아》 등이 있다.

앨리스, 너만의 길을 그려봐

1판 1쇄 발행 2018년 7월 20일
1판 9쇄 발행 2024년 3월 1일

원작 이상한 나라의 앨리스
옮긴이 정은희

발행인 양원석
편집부 담당 이아람
펴낸 곳 ㈜알에이치코리아
주소 서울시 금천구 가산디지털2로 53, 20층(가산동, 한라시그마밸리)
편집문의 02-6443-8855 **도서문의** 02-6443-8800
홈페이지 http://rhk.co.kr **등록** 2004년 1월 15일 제2-3726호

ISBN 978-89-255-6421-0 (03800)